Para mi amiga, agente e ídolo Marcia Wernick
que siempre sabe lo que tiene que pedir.
E. C. K.

Para Saci, que nunca pidió a Oliver
pero que aún lo quiere.
H. B. L.

Título original: *My Penguin Osbert*
Publicado con el acuerdo de Walker Books Ltd, London SE11 5HJ
© Texto: Elisabeth Cody Kimmel, 2004
© Ilustraciones: H. B. Lewis, 2004
© De esta edición: Editorial Kókinos, 2004
Web: www.editorialkokinos.com
Traducido por Esther Rubio
ISBN: 84-88342-68-3
Impreso en China - *Printed in China*

Mi pingüino
Oliver

Elizabeth Cody Kimmel

Ilustrado por
H. B. Lewis

KóKINOS

Este año he tratado de ser muy claro
en mi carta a Papá Noel.

En el pasado hemos tenido unos cuantos malentendidos. Por ejemplo, el año pasado pedí un auto de carreras rojo descapotable, con un rayo brillante pintado en las puertas y con faros abatibles. Y Papá Noel me lo trajo.

Pero medía tan sólo tres pulgadas de largo.

Y el año anterior, yo quería un trampolín
de los de verdad. Pero como aún no sabía
escribir bien, le describí como pude
lo que quería.

Y me trajo un saltador.

Por eso, este año, he tenido mucho, pero que mucho cuidado. Le escribí una carta muy larga a Papá Noel diciéndole que me gustaría tener un pingüino como mascota. Pero no uno de esos con relleno y peluche, sino uno de verdad, del polo sur.

Le puse que mi pingüino debía medir un pie, ser de color blanco y negro, con el pico amarillo y que tenía que llamarse Oliver. Hasta le hice un dibujo.

Puse sellos de más en el sobre y envié la carta con un mes de antelación.

Y esperé.

El día de Navidad fui el primero en bajar las escaleras.

¡Y allí estaba!

Era blanco y negro, tenía el pico amarillo y medía exactamente doce pulgadas.

Se movía.
    Respiraba.
        ¡Hacía de todo!

Tenía una etiqueta alrededor del cuello que decía:

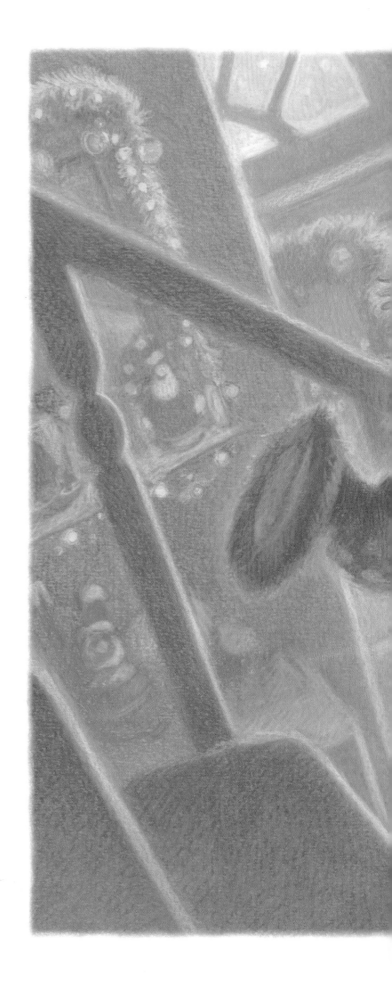

HOLA
ME LLAMO
OLiVER

¡Papá Noel sí que me había entendido bien esta vez!

Yo quería que todos conocieran a Oliver.
Y también llevarlo a mi habitación.

Además, quería abrir mis otros regalos.

Pero Oliver sólo quería salir a jugar.
Afuera hacía mucho frío y mucho viento.
Había una buena capa de nieve
y no brillaba el sol.

Pero yo había pedido a Oliver,
y ahora ya lo tenía.

Así que salimos a jugar.

Jugamos a deslizarnos por debajo del iglú.

Hicimos pingüinos de nieve.

Escapamos de las garras de imaginarios leopardos marinos.

Luego Oliver quería ir a nadar, pero tuve
que explicarle que esa noche sería imposible.
Así que, en vez de nadar, cantamos antiguas
canciones de pingüinos.

Por la noche, yo ya me había preparado para ir a la cama. Había sido un día muy largo. Pero Oliver quería darse un baño.

Abrió el grifo a tope y nos metimos en la bañera. Oliver le quitó el papel a todas las pastillas de jabón para que flotasen en el agua como si fueran icebergs.

Un rato después yo ya tenía los dedos arrugados y me picaba la piel de tanto jabón.

Pero yo había pedido a Oliver, y ahora ya lo tenía.

A Oliver le encantaba jugar en el agua fría.

Por la mañana, mi mamá nos
dijo que podíamos desayunar
lo que quisiéramos.
¡Umm!, cerré los ojos
y me imaginé un montón
de panqueques con almíbar,
cereales, chocolate caliente,
mermelada, jugo de mango…

Pero a Oliver no le gustaban
los dulces. Sólo le gustaba
la comida cruda y fría.

Su desayuno favorito era
arenques con crema
y mermelada de algas.

Y eso fue lo que
desayunamos.

Después del desayuno
me tocaba lavar los platos
y ordenar mi habitación.

Cuando acabé, me encontré
con que Oliver también
había estado ocupado.
Había construido un pueblo
entero con tarta helada,
cubitos de hielo, y todo
el helado que había
en el congelador.
Y todo comenzaba a derretirse.

Oliver, claro, no sabía limpiar.

Pero yo había pedido a Oliver,
y ahora ya lo tenía.

Así que tuve que arreglar yo
solo aquel desastre.

Por la tarde, mientras Oliver miraba atentamente el parte meteorológico, le escribí en secreto una carta a Papá Noel:

Querido Papá Noel:

¿Cómo están tú y tu esposa? Nosotros bien.

Gracias por el genial pingüino Oliver.

Nos damos juntos baños helados

y desayunamos arenques con crema.

Ya me estoy acostumbrando a pasar todo

el día en la nieve.

He comprobado que después de todo no te

quedas congelado.

Tu amigo Juan

PD. Una cosa más, si crees que quizá debería

haberte pedido otra cosa y quieres

cambiármela a mí no me importa.

Y mientras Oliver miraba embobado el catálogo de artículos para la nieve, salí a echar la carta.

Dos días después, al despertarme, encontré
un paquete a los pies de la cama.
Tenía una etiqueta con mi nombre y la firma

Noel

Dentro del paquete había un suéter rojo
y dos entradas para la inauguración
de El Mundo Antártico, en el Zoológico.

Oliver quiso salir enseguida (bueno, antes
hizo una escultura con el papel de regalo),
pero no quería ir en autobús. El zoo estaba
muy lejos de casa. Pero yo había pedido
a Oliver, y ahora ya lo tenía.

Así que fuimos caminando.

Cuando llegamos al pabellón de El Mundo Antártico, Oliver se dirigió como un rayo al palacio de los pingüinos.

Allí había una enorme colina nevada con un tobogán de hielo que caía sobre una inmensa piscina. Había leopardos marinos pintados en la pared y trozos de hielo de verdad que flotaban en el agua.

Y luego se abrió una puerta y apareció un hombre que comenzó a repartir arenques a los pingüinos.

Cuando llegó la hora de cerrar, le dije
a Oliver que teníamos que irnos.
Al verle venir hacia a mí con su paso
de pingüino me di cuenta de que allí,
en el palacio de los pingüinos,
él tenía todo lo que quería.

Oliver había sido el mejor regalo
que Papá Noel me había hecho,
porque me había traído lo que yo
de verdad le había pedido.

Pero Oliver necesitaba toboganes
de hielo, leopardos marinos y montones
de arenques. Le pregunté si no sería
más feliz viviendo en el palacio
de los pingüinos. Me miró a los ojos
y asintió con la cabeza.

Ahora me siento un poco más solo sin Oliver, y mi suéter nuevo me pica un poco en el cuello y en la barbilla.

Pero es muy agradable no tener frío, ¡y hoy he desayunado chocolate caliente!

El sábado que viene hay entrada gratis para los niños en El Mundo Antártico y no tengo dinero para el autobús, pero iré caminando. Me pondré el suéter rojo para que Oliver pueda reconocerme.

¡Y sólo quedan once meses para las próximas Navidades!

He pensado mucho y ya sé lo que le voy a pedir a Papá Noel.

Estoy seguro de que no habrá problemas
si pido un helicóptero.